中国现代《诗经》学经典文丛

王长华 董素山 主编

《诗经》情诗今译

陈漱琴 著

易卫华 整理

河北出版传媒集团
河北教育出版社

图书在版编目（CIP）数据

《诗经》情诗今译 / 陈漱琴著 ; 易卫华整理. 石家庄 : 河北教育出版社, 2025. 3. -- (中国现代《诗经》学经典文丛 / 王长华, 董素山主编). -- ISBN 978-7-5545-8988-5

Ⅰ. I222.2

中国国家版本馆CIP数据核字第202433MQ80号

《诗经》情诗今译

SHIJING QINGSHI JINYI

主　　编	王长华　董素山
作　　者	陈漱琴
整　　理	易卫华
责任编辑	汪雅瑛　刘　明
装帧设计	于　越
出版发行	河北出版传媒集团
	河北教育出版社　http://www.hbep.com
	（石家庄市联盟路705号，050061）
印　　制	河北清静堂印刷有限公司
开　　本	890mm × 1240mm　1/32
印　　张	3.75
字　　数	68千字
版　　次	2025年3月第1版
印　　次	2025年3月第1次印刷
书　　号	ISBN 978-7-5545-8988-5
定　　价	45.00元

总　序

◎王长华

伴随着40年中国学术研究整体上的飞速发展，《诗经》学研究这一学术分支也取得了此前罕有的进步和引人瞩目的成绩。不过，在《诗经》学内部，相对于古代《诗经》学史研究的全方位推进，现代《诗经》学的研究显得还不那么充分，它还存在很多有待开垦和研究的区域与空间。正是基于对这一现实状况的基本判断，河北教育出版社领导与《诗经》学界有关专家学者经过认真研讨磋商，决定编辑出版这套“中国现代《诗经》学经典文丛”。

所谓“现代”是个历史概念，学界一般认为学术史的“现代”起自1911年辛亥革命之后，截止于1949年10月1

日中华人民共和国成立，这段时间屈指算来还不足40个年头。就是在这短短的不到40年的历史时段中，中国《诗经》学研究发生了前所未有的堪称翻天覆地的巨大变化，涌现出了一批学术名家著成的《诗经》研究名作。

追溯历史，自汉代初年开始直到20世纪初清王朝结束，《诗经》在长达两千多年的时间里一直都占居“经”之地位，历代《诗经》研究者当然也必须遵从经学研究的家法和路数来解读它和阐释它，其间虽在宋代和明后期短时间内出现过部分学者突破经学藩篱，直陈《诗经》一些篇章里包含有普通人的情感而由此呈现出文学元素，但这些研究终究未能真正成为那个时代《诗经》研究的主流。历史进入现代，随着西学东渐历史大势的发生，一批留学欧美和日本，深受西方学术思想影响和饱经西方学术训练的学者归国，从此，中国《诗经》学研究翻开了新的篇章，这批学术新锐由初登文坛的青年才俊而迅速茁壮成长为书写《诗经》研究新历史篇章的著名学者，如章太炎、王国维、梁启超、胡适、郭沫若、闻一多，以及傅斯年、顾颉刚、谢无量等，他们各自携带自己成熟或不太成熟、措辞激烈或相对温和、直陈本心或舒缓抒情的著述，先后登上了中国《诗经》研究的历史舞台。于是，现代《诗经》学史上随之而陆续出现了诸名家基于对中国传统文化的批判、对中国文化现实的改造以及对中国文化未来命运重塑的初心，以《诗经》为突破口，渐次发起了白话文运动、东西文化论战、整理国故运动等与社会变革息息相关的一系列探究和争鸣，他们无所顾忌地引进和使用西方的学术理念和学术思想，恣意大胆地对《诗经》进行重新看待、重新定位和重新评价，其中涉及的问题包括《诗经》的作者、《诗经》的结集、《诗经》的性质、《诗经》中的赋比兴、《毛序》的作者及性质、《诗经》与白话、《诗经》与民歌等。

在看似纷繁复杂的现代《诗经》学40年历史变迁中，我们如果细心梳理分析，就不难发现这些学者名家几乎是始终如一地坚持了一个本心，那就是把两千多年的经学的《诗经》判定为文学的《诗经》，把诗篇文本中描绘的神圣的历史圣王圣迹判定为平民百姓的日常生活。从学术逻辑看，这段历史先后经过了把《诗经》还原为历史，再把历史定性为史料，之后又由史料平移而命名为文学，从而最终抵达了他们认为《诗经》原本应该抵达的终点。其实，视《诗经》为文学，不仅是中国现代史上学者们的使命，1949年进入当代以后，《诗经》学界的绝大部分学者所从事的《诗经》研究工作仍然继续坚持了这一方向。历史一再证明，同时代人无法完全跳出身处的时代真正看清自己的作为和理性评判自己的功过。让《诗经》研究摒弃经学而走向文学，是现代《诗经》学40年的最突出贡献。这套丛书所展示的就是历史上这40年里诸名家有代表性的学术成果。是非功过，期待有更多读者参与的更长时段的历史作出鉴定。

需要说明的是，学术的发展原本不会完全随着政治的变换和历史断代的变化而变迁，它除了随历史而变动，同时还固执地持守自身的变化和发展逻辑。所以，我们在本丛书中，除了收有1911年到1949年的《诗经》名家代表作外，还收入了部分属于清末学者的有代表性的著作，以此呈现一个历史阶段学术变迁的完整性。另外，此次出版这套丛书，整理者主要做了四方面工作：一是变竖排为横排；二是变繁体为简体；三是加新式标点；四是修订原书中的误植字。而由于时代变迁彼时以为对此时颇觉可商的用字、用词，以及一些带有方言色彩的习惯性表述，我们本着还原历史、尊重原著者的原则，均不作改动，一仍其旧。此心此意，尚祈读者诸君明鉴。

2024年8月20日初稿

2025年元月3日改定

序　一①

顾颉刚

求偶期间的动物，常发出异样的鸣叫。人类有了语言，就有两性相引的情歌。有了音乐，又进展为各体的情诗。我们可以说，一切的诗歌的出发点是性爱。这是天地间的正气，宝爱之不暇，何所用其惭怍。

所以中国第一部乐诗集——《诗经》里包含的情诗很多，作者老实地歌唱，编者老实地收录，他们只觉得这是人类应有的情感，而这些诗，是忠实于情感的产品。

不料秦汉以降，为图家族制度的确立，怕异姓的乱宗，严禁妻妾不得外淫，寖假而奖励寡妇的不嫁，以至于愿嫁而不得，寖假而剥夺处女行动的自由，以至于超过了罪犯的监视。他们既在男女之间筑起了一座铁的障壁，于是大家弄得耳无闻，目无见，而唱情歌、作情诗的机会就大大地减少了。加以佛教流入，视男女的接近为猥亵，于是大家更觉得不好

① 整理者按：本书根据上海女子书店1932年版整理。

意思提起这件事了。

可是，求偶是动物的本能，人类既非槁木死灰，何能遏止这种冲动？所以人们偶然得到机会，依然要发泄，要唱歌。只是写在诗集里时，就不胜社会道德的压迫而有了惭怍之心。因为不好意思老实讲，所以别的诗有题而情诗独为“无题”。元稹为莺莺作的诗，不收入《长庆集》，只让别人编入《补遗》。和凝少年作的《香奁诗》，做了大官后嫁名于韩偓。孙原湘为屈、钱二女友所作诗，要置于《天真阁文集》之外。陈文述把所作的艳体诗别编为《碧城仙馆诗钞》，而不敢刻进他的《颐道堂集》中。这都是情诗的变态！因为这样，所以诗集虽有千万部，但大都是只有格律而没有性情的。诗而没有性情，还算什么诗！

只有朱彝尊敢把他的爱的故事作为长篇的《风怀》诗，录入《曝书亭集》。有几个朋友劝他，不要放进去罢，他说：“吾宁不食两庑豚，不删《风怀》二百韵！”这的确是一个例外的勇士，虽则他的诗里太喜欢堆砌典故，仍算不得一首好的情诗。至于其他的人，为了想吃圣庙的豚而不敢不删其《风怀》诗的，一定有些白描能手作成的好诗，可惜都在孔子的牌子之下烧去了！

《诗经》，汉以来都说是孔子删《诗》而成的。那么，就有问题来了。孔子既然铁青了脸皮设下了礼教之大防，何以在他亲手删定的《诗经》中竟清楚地放着许多情诗呢？对于这冲突的解释，是说这些诗不是情诗，乃是思贤才、刺时君……有治国平天下的大道理的诗。经了二千余年来的曲说，注释的书可以装满一间屋子，似乎已经给它们解释得伏伏帖帖，再没有怀疑之余地。

可是，时代变了，封建社会，宗法思想，一切瓦解了。既失去了这曲说的背景，当然没有这曲说存在的余地，而这些情诗的真面目又复透露，又复为人所欢欣赞叹。所以十年以来，常有人用白话文作翻译。最早的是郭沫若先生的《卷耳集》，于今有陈漱琴女士的这一辑。

《国风》中的诗篇所以值得翻译，为的是有真性情。这些诗和唐人的绝句、宋人的词、近代的民间小曲，虽遣辞有工拙的不同，而敢于赤裸裸地抒写情感则无异。中华民族的文化，苦于礼法的成分太重而情感的成分太少，似乎中庸而实是无非无刺的乡愿，似乎和平而实是麻木不仁的病夫。我们要救起我们的民族，首须激起其情感，使在快乐时敢于快乐，悲哀时敢于悲哀，打破假中庸、假和平等毒害我们的旧训。而情感最集中、最深入的是男女之情，故以打破宗法的家族制度下的障壁为第一义。这些吐露真性情的诗篇，使人读了发生共鸣，感到其可宝贵，从而想到自己性情的可宝贵，就是打破这种遏抑、自然的障壁的好工具。

我希望储皖峰先生和陈女士再译下去，把《国风》及《小雅》中的情诗全都译出，使这些仅存的古代情诗能为今日的青年所认识，使今日青年的热情能为这些古代情诗所鼓荡，那么，他俩为古今人通其邮，功德真无量，至于不易解释的句子，是须赖长期的研究的，只要逐次修改好了。

我还有一个“愚见”，要借着这个机会献给青年朋友们：《诗经》中的情诗，有不胜单恋的痛苦的，如《关雎》的“悠哉悠哉，辗转反侧”，《泽陂》的“寤寐无为，涕泗滂沱”都是，但是他们决想不到自杀。现在的青年们，一朝失恋，就服安眠药水而长睡了。虽说古人不足法，但我觉得这样轻生总是不对。一个人生在世上，所负的责任实在太重。为了失恋而斩绝了一生的欢乐，是可以的，但并不以此而即解除社会的责任，因为别方面对你并不像逝去的恋人一样的冷酷呀。况且人之大欲，曰食与色，食以延长个己的生命，色以延长种族的生命，目的本来在求生，何能反趋死道！所以我很希望大家读了这本书，能够接受些《诗经》的人生观。就是：爱情固须真挚，要“之死矢靡它”，处到不顺的境遇时，也尽可以发“穀则异室，死则同穴”的空幻的慰藉，但必须待诸“百岁之后，归于其居”，而不可在愤懑时作不胜刺戟的自杀！必须有这一点积极的精神耐得住这一点强烈的痛苦，始能在他方面作事业的奋斗。否则一不如意，立刻灰心，这种人到社会上去一定是容易堕落的，他或她的死正所以证明其意志的薄弱，我们决不值得对于这种人表示同情。

一九三二，五，十四，杭州。

序　二

汪静之

我读《诗经》，发现古代女子的基本的恋爱条件和今日女子的基本的恋爱条件是一个样的，那便是拜金主义。你看《诗经》里的女子理想的恋爱对手大都是君子与士，而君子与士都是握经济权的脚色，都是社会上的统治阶级。我于一九二八年在暨南大学印的《诗经选注讲义》于《关雎》"窈窕淑女，君子好逑"下注道："君子，是贵族阶级，有爵位，有权势，在社会上地位很高，为当时女子心目中之理想人物。向来解作君子小人之君子，误。"何以知君子是贵族呢？因为君子是国君之子，当然是贵族；又因国君之子都封有采地，所以同时也是大地主。《魏风·伐檀》可以做证：

【原文】

坎坎伐檀兮，

置之河之干兮；
河水清且涟漪。
“不稼不穑，
胡取禾三百廛兮？
不狩不猎，
胡瞻尔庭有县貆兮？
——彼君子兮，不素餐兮！”

【译文】（魏建功）

檀树伐得空空地响，
树段搁在河边上；
河水泛着清澄澄的细波浪。
“不种田，不种地，
为何平白拿粮三百石？
没结网，没放枪，
干吗看见你院子里挂着些狐兔貂狼？
——唉！那些混账王八蛋，无菜不下饭！”

上面这首诗中的君子，不必种田种地，便能拿到三百石的粮食，不必结网放枪，便能挂满院子的狐兔貂狼，而且被农民所怨骂，做了农民的敌对阶级：这个君子不是封有采地的贵族大地主是什么？

由贵族意义的君子变成才德出众的正直人、上等人意义的“君子小人”之君子，这里面也可看出阶级的痕迹。原来只有封有采地的贵族才配做才德出众的正直人、上等人，农民无产阶级是阎王，菩萨把他们命中注定只配做小人，无论如何不会被称为君子的。

《诗经》中的女子对于握经济权的拥有广大土地的贵族君子的恋爱情感，特别深挚，特别沉醉。如《草虫》：“未见君子，忧心惙惙。”《晨风》：“未见君子，忧心如醉。”这些女子都是很早地便到约会的地点去等待她们的贵族情人，等不着便忧愁得很：等到“亦既见止，亦既觏止”，居然高攀上了，于是乎“我心则说”，真有受宠若惊之势。再看《汝坟》：

遵彼汝坟，伐其条枚；
未见君子，惄如调饥。
遵彼汝坟，伐其条肄；
既见君子，不我遐弃。

这位女性对于贵族忧得这样深，竟相思得好像极其饥饿了。大概贵族是常常要变换爱人的，今天爱甲女，明天可爱乙女，所以女性都是提心吊胆，恐怕要失掉这个贵族情人，等到“既见君子”，证明了“不我遐弃”才放下心来，真有患得患失之概。再看《风雨》：

风雨凄凄，鸡鸣喈喈；
既见君子，云乎不夷？
风雨潇潇，鸡鸣胶胶；
既见君子，云乎不瘳？
风雨如晦，鸡鸣不已；
既见君子，云乎不喜？

我在《诗经选注》里于《风雨》一诗曾说："君子，贵族阶级，女性最满意的情人。朱熹注云：'淫奔之女言当此之时见其所期之人而心悦也。'而商务印书馆近来出版的缪天绶所注之《诗经》乃谓：'《风雨》，思良友也。'荒谬绝伦，以至于此，岂能望见朱熹之脚底板耶？"

《风雨》中这位女性，因为贵族情人的光降垂青，心也平了，病也愈了，简直是惊喜若狂了。

再看古代女子怎样恋爱士。

我在《诗经选注》讲义《摽有梅》"求我庶士"句注云："士，武士也，颇似西欧中世纪之骑士（Knight），乃当时女子倾慕之目标。向来解作男子之通称，误。武士喜战，有保护国家（部落）之责，在社会上非常威风，恰如今日之军人，有特殊权利，可任意胡为。"武士既和如今日之军人一般有特殊权利，当然也能得到充裕的金钱，所以女子便爱慕他们了。

我们看《摽有梅》：

摽有梅，其实七兮；
求我庶士，迨其吉兮！
摽有梅，其实三兮；
求我庶士，迨其今兮！
摽有梅，顷筐塈之；
求我庶士，迨其谓之！

这首诗完全是女子自动地向武士求爱的。众武士在女子面前耀武扬威，这位女性向众武士苦苦哀求，只要众武士之中有一个肯见爱，随便哪一个都是求之不得的。

《野有死麕》说："有女怀春，吉士诱之。"吉士诱少女，少女没有一个不被惑的，所以这少女便欢迎他说："舒而脱脱兮，无感我帨兮，无使尨也吠！"民国十一年暑假我曾译此章为："你缓缓儿轻轻儿来罢，不要响动我的门帘，提防着狗儿要吠叫。"你看女子得到武士下爱是怎样的高兴，怎样的欢迎。

《女曰鸡鸣》云："女曰'鸡鸣'，士曰'昧旦'。"《溱洧》云："维士与女，伊其相谑，赠之以芍药。"女子能够与武士恋爱是何等快活，何等开心。《褰裳》云："子惠思我，褰裳涉洧。"只要武士肯爱她，她便会褰起衣裳涉过洧水去幽会，长途跋涉，亦不辞其劳。你看武士对于女性的吸引力大不大？虽然她下面说："子不我思，岂无他士？"这是因为她另外还能找得着武士，才用不在乎的神气说出这样的大话，假使她另外没有把握，恐怕她早已"遵大路兮，掺执子之袪兮"地不肯效手了。

我们再看《大车》：

大车槛槛，毳衣如菼。
岂不尔思？畏子不敢。
大车啍啍，毳衣如璊。
岂不尔思？畏子不奔。
穀则异室，死则同穴。
谓予不信，有如皦日！

我在《诗经选注》讲义内于"大车槛槛，毳衣如菼"下注云："车中之人，非武士即贵族，故女子如此倾慕。"坐了大车，穿了红如璊玉、青如芦菼的五彩绣花衣，自然非武士与贵族不辨。我又于"岂不尔思？畏子不敢"下注云："朱注云：'子，大夫也。'非是，当时防范不至如是之严也。余疑尔与子实指一人，即乘车者。当时贵族与武士有特殊权利，可为所欲为，此女子私虽心慕之，然恐不蒙青眼，故'不敢'云云。"

由《大车》看来，女性对于坐大车、穿绣衣的武士或贵族的爱是何等专一，但又恐高攀不上，所以虽极爱他，却不敢冒失地私奔到武士或贵族那里去？又是何等可怜！最后还要说："生时你不爱我，不能和你同床共被，死后我定要和你埋在一个墓里。"接着又指天画地，叫太阳做证，发誓赌咒——女性对于武士与贵族的爱，真可说是忠心耿耿，矢志不渝了。

《诗经》时代女子的恋爱观，一直到现在根本没有改变过。章回小说中佳人都爱才子，表面上看去似乎女子已变爱"财"为爱"才"了，但"才"能生"财"，实在女子骨子里还是爱财的。汉以后尊儒术，读书的才子都有做官的希望，做官便能刮民脂民膏，所以佳人都爱才子了。《史记·儒林传》："延文学儒者数百人，而公孙弘以《春秋》白衣为天子三公。"《孝武本纪》："上乡儒术，招贤良，赵绾、王臧等以文学为公卿。"读过《春秋》，懂得文学的才子，一个白衣可以做三公，做公卿，佳人爱才子的秘密就在这里。所以章回小说中那些落难才子，起初虽然都是潦倒穷途，可是上京之后，结果个个都中了状元，做了大官，于是那位爱才子的佳人也便凤冠霞帔了。

自汉至清，才子在女子心目中做了二千余年的理想的丈夫，民国以后，武人专横，一个军阀刮他几百万元农工的血汗，易于反掌，文人没有实力，没有大权，不能像军阀那样刮得快。于是女子的恋爱目标也就转换方向了，爱武士之风复活了，女学生够漂亮资格的都想做军阀的姨太太了。某将军的姨太太中各国留学生全有，某将军若周游世界，不必请通事，随便到哪一国都有姨太太替他翻译。

虽然这时女子不再爱才子，爱博士的却仍是很多，因为博士已代替了从前的才子状元，有了博士头衔，生财便必有大道了。

我还知道有四位堂姊妹，因为大姊嫁了一位军长，享尽富贵豪华，三位妹子艳羡不已，于是三人相约：非军人不嫁。后来竟各如所愿，个个都做了师长、旅长、团长的如夫人。（祝她们和她们的有钱有势的如意郎君幸福无疆！）十五年北伐的时候，革命军人不可一世，都是天之骄子，长沙、武汉的女子都眼红得很，她们便说“非皮带不爱”了，还有许多女子和丈夫离了婚再去追求挂皮带的新武士。她们还说这样的话：“大学生，留学生哪抵得黄埔生！留学生能够做团长、师长吗？”于是女子的慈爱有五皮主义、四皮主义等等。不幸后来挂皮带的下级军官不但不能个个升到团长、师长，且有许多失了业的，于是仅爱着下级军官的女子都很抱悲观了。

从《诗经》时代到现代，二千五百年——三千年以来的女子恋爱的基础条件，便是这样。

我在暨南大学教《诗经选注》时曾把这篇文章的意思在讲堂上说过，几个女生都大不谓然，很不高兴。我想诚实的女子读了我这篇文章，定要默认或首肯，肚里明白这是最中肯的批评。

皖峰兄与陈漱琴女士要出版一本《诗经情诗今译》，要我作序，我便把自《诗经》以来中国女子的恋爱条件介绍给今日的小姐、姑娘、蜜丝、女士们，参考参考。

《诗经》中的情诗自被汉以来的腐儒曲解之后，弄得乌烟瘴气，真意全埋没了。我们与其再做一屋子的书，旁征博引地去与古人辩难批驳，不如用白话诗体把它们译出，痛切了当得多。

说起译《诗经》，我是最早最熟心的一个。我从前看见胡适之先生在《新青年》上译了张籍的《节妇吟》，当时我想：《节妇吟》很浅易，也还要翻译，《诗经》更有翻译的必要了。我便写信告诉胡先生说我想译《国风》，请他指示普通的本子《诗经集传》《毛诗》以外的参考书，他指示我的是《诗经原始》《诗经通论》《读风偶识》三书，并告诫我说《诗经》极难译，学力不足，难免错误，须十分谨慎。我便于一九二二年暑假在吴淞中国公学开始译了十四首，译得很拙劣，自己越读越觉得比原诗逊色，很整洁的原诗竟变成了芜杂的啰唆的译诗了。本书所收的《大车》《遵大路》《褰裳》《泽陂》，是那时所译比较好些的四首，一九二八年在暨南大学时曾加以修改的。

就是那年暑假中，有一天达夫、沫若二兄来游吴淞海滨，在月色如银的海滨玩到夜半时分，后来回到我的房里，我把十四首拙劣的《国风》译稿给沫若看，他看了发生了兴趣，说他也要回去译一些，后来他便译成了一册《卷耳集》。

以前译的《诗经》都比较粗率潦草，现在皖峰兄与漱琴女士编译的这一册，各诗均不失原意，且文笔美妙，颇耐吟咏，可以说信、达、雅三个条件都办到了，我觉得要算空前的最完美的《诗经》今译了。

一九三二，六，二二，杭州。

序三（来信代序）

储皖峰

漱琴：

若非你自家感觉得真切，
你切莫妄去追寻；
若非你自家的灵魂，
决不会有深宏的快感能撼听者之心。

这是哥德借《浮士德》Faust 说的话，说明作诗要根据自己的经验来发挥内在的真理。哥德便是这样造成伟大的诗人。你这次译诗的工作，虽然经过我的鼓励和催促，假使不是你平时领受的真切和近来努力的追寻，决不会有这样的成绩。

我是个爱好文学的人，尤其爱好诗歌，因为诗歌是文学中的花，而抒情诗又是诗歌中的花。自从司春的女神把那些美丽而娇艳的种子撒到人间以后，那些无数的青年男女，用他们心田上热烈的血液来培养她；用双眼里晶亮亮的泪水来灌溉她。所以玄庐君说：

人世间只有一滴泪，一滴血：
泪灌溉和血养活的心苗，
抛弃吗？——舍不得！

康伯情说：

我想世界上——只有光，
只有花，
只有爱！

这些话，确能认识情诗是蓬勃的心苗，是烂漫的花枝，是血与泪交融的产品，是爱和爱对流的结晶。试看古今来多少英雄豪杰，在情场上演出不少的风流悲剧，留下不少的真挚情歌，后人读到这种文字，想像当时情况历历如在目前。较之那些无病而呻的古典派没生命的诗词集，实在高贵多了。

《诗经》是一部民歌（大部分）总集，她的内容，可略分为两大部分：（一）抒情诗，《国风》《小雅》中最多；（二）叙事诗，《雅》《颂》中较多。这些叙事诗，凡是看过《奥特赛》和《伊里特》的人，就知道它不是健全的作品。只有抒情诗，是心声的露白，是苦闷的叫喊，最能表现东方民族情感的特色。自后中国诗歌都按照这两个系统继长增高：抒情诗，如汉魏六朝乐府中的《子夜歌》《吴声歌》《西曲歌》，唐人的《杨柳枝》《竹枝》和五代两宋侧艳的词，就中有些是民歌或是“诗体民歌化”的作品。她的势力逐渐地膨胀，连叙事诗也受她的影响，倒如南朝的《孔雀东南飞》，北朝的《木兰辞》，下及唐白居易的《长恨歌》，韦庄的《秦妇吟》等，都夹着许多情诗的分子在里面。经过了好几次的转变，到了明朝便化身为《弹词》（杨慎的《廿一史弹词》之类），这是最显著的证点。所以我以为中国的诗歌，只有情诗是最伟大的作品，只有情诗能够真正地感动人，只有情诗具有充实的生命！

你来信说：“做了些新的衣裳，给她们穿上，教她们学学摩登的女孩儿样。……”你把原诗比作美人，自己比作裁缝，很有意味。你要我帮忙做几件衣服，我自然照办，反正逃难（上海一二八之变）后不能作别的文章。同时我希望你多预备些新的衣裳，通通给她们换上，诗《葛屦》篇不是明明说道“掺掺女手，可以缝裳”吗？（下略）

皖峰

一九三二，四，二十，浙大。

序　四

陆侃如

我的朋友储逸安先生，和他的爱人陈漱琴女士，把《诗经》中言儿女情的诗，译成白话，又加上近人所译的若干首，合出一个小册子，由女子书店出版。这是一件很有趣味的事情，故我乐于应命作此序。

《诗经》之需要翻译，是无容讨论的。《诗经》是中国文学史上最古的杰作，用的是三千年前的白话。我们生居三千年后，要去了解和欣赏原文，那是古文学专家的事。要使这些古时公之大众，便非译成今语不为功。近来做这种工作者颇不少，而印成者专书者却不多。今女子书店开办伊始，即印储陈两位的译诗，我是很赞成的。

但我所感到兴趣的，还不仅此。逸安是我十年的老友，著述业已等身；而此书的出版却另有一种意义，即是他恋爱的成功的纪念。我现在敬将这篇短序献于二位之前，作个小小的礼物，祝他俩的恋爱与《诗经》同样的亘古常新！

陆侃如敬序于北平，一九三二年六月二日。

自 序

我在二十年的春天，读了胡适之先生的《诗经新解》原稿以后，觉得那《毛传》、郑《笺》和《诗序》等曲解，真如顾颉刚先生所谓“瞎子断匾”—— 一块匾还没有挂上门楣，两个近视眼，甲说大字某某，乙说小字某某——同样地闹笑话。可怜这一部很天真烂漫的诗歌，想不到被那班板着圣人面孔的权威镇压了几千年，叫它埋没了不能抬头；一部蓬勃有生命的作品，不应该束缚在旧礼教的镣铐之下几千年，还没有给它解放，完全恢复自由。这实在是很可惜的一椿事。直到民国十年的时候，胡适之先生才作了一部《诗经新解》。他的《谈谈诗经》有云：

研究《诗经》大约不外下面两条路：

第一训诂：用小心的精密的科学的方法，来做一种新的训诂工夫，对于《诗经》的文字和文法上都从新下注解。

第二解题：大胆地推翻二千年来积下来的附会的见解，完全用社会、历史的、文学的眼光从新给每一首诗下个解释。

胡先生的书就是实验上列方法的。记得顾颉刚先生的《诗经的厄运与幸运》有云：

我们要说“《诗经》是一部文学书”一句话很容易，而要实做批评和注释的事却难之又难。这为什么？因为二千年来的诗学专家闹得太不成样子了，它的真相全给这一辈人弄糊涂了。

我做这篇文字的动机，最早是感受汉儒诗学的刺戟，觉得这种的附会委实要不得。后来看到宋儒、清儒的诗学，觉得里边也有危险。我久想做一篇文字，说明《诗经》在历来儒者手里玩弄，好久蒙着真相，并且屡屡碰到危险的“厄运”，和虽是一重重的经历险境，到底流传到现在，有真相大明于世的希望的“幸运”。

好了，好了，《诗经》的“幸运”到了，有了顾颉刚先生那种大刀阔斧做斩除的工作，从前的蔓草和葛藤，再也攀不上那座丰碑；有了胡适之先生那部有方法有条理的《诗经新解》，从前的乌烟瘴气，再也蒙不住那青天白日。可惜顾先生的文章没作完成，胡先生的书，也只作成《周南》一部分，并不曾正式发表出来（去秋上海某书局曾在杂志中刊载了一部分）。现在我想利用他们的指示，来做点翻译《诗经》的工作。《诗经》中的情诗，好像些美丽的姑娘，被病魔缠到气息奄奄的时候，忽然得到胡、顾两先生起死同生的圣药复活起来了。我再为她们做些新的衣裳给她们穿上，教她们也学学摩登的女孩儿样，我相信她们的内美，也许比摩登的女孩儿更强。

我国译《诗经》的，最早是苏曼殊把《关雎》等篇译成英文。译成中文诗的，在胡适之先生的《诗经新解》里有《葛覃》的末章和《麟之趾》的一章。至于译全首的，第一要推顾颉刚先生，在民国十年的时候，译了《静女》，第二是郭沫若先生，在民国十二年出版一本《卷耳集》，到十五年二月，顾先生才把《静女》在《现代评论》（三卷，六十三期）上发表出来，题为“瞎子断匾的一例——《静女》”，接着有魏建功先生译的《静女》和《伐檀》，登在《语丝》八十三期上。在这年上海《民国日报》副刊《黎明》（复旦大学编辑）上，载有黄某的“古诗臆译”，不久钟敬文先生发表“几首《国风》的今译”。到了民国十八年，刘大白先生又把《静女》译了出来，他的解释和顾、魏两先生不同。现在把这些作品（郭的单行本不收）搜集起来，如《静女》共有四种译文，(关于《静女》的讨论和译文非常多，读者可参看顾颉刚先生的《古史辨》第三册“下编”五一〇至五七一页。)《遵大路》《狡童》也都有两种译文，以便读者们比较。此外还有钟敬文、汪静之、储皖峰先生等的译品，很感谢他们都慷慨地把版权让给我。魏先生译的《伐檀》，是一篇“社会问题诗”，译得很有趣，把它附录在后面。连我自己试译的八篇，合得三十三篇，编成这本小册子，贡献于爱读《诗经》的朋友之前。

我压根儿不喜欢“臆译”的诗歌，凭空添上了许多废话。我更不喜欢毫无韵味的诗，竟直和散文没有分别。同时我对于郭沫若先生的《卷耳集》，也还有些不满意的地方：(一)语句间的增减，如《女曰鸡鸣》《鸡鸣》《东方之日》之类。虽然他自序说过不是纯粹逐字句的直译。(二)把些摇曳生姿的“兴”诗，改译成质直的、索然寡味的“赋”诗，如《野有死麕》之类。因此，我的译法是尊重直译的，除非万不得已时，采取一点意译。(三)韵律本是诗歌的要素，自诗体解放以后，韵律的形式完全打破了，在我译诗的句尾，大半还保留一点自然的音节。其余的体例也得要说明一下：

甲，排列法　是把《诗经》原文和译文上下对照，读过《诗经》的人固然用不着回想，就是没有读过的人，比较更容易明了。

乙，按语　这就是胡先生所谓“解题”。在每首诗的后面我都加上按语，说明这诗为什么作的。我不敢说我的按语都不错，可是这种方法，也许能给“读书不求甚解”的人开一个路径。

丙，注解　这就是胡先生所谓“训诂”。译诗的字句有疑难处，我都给她加上注解（就中汪钟储三先生的诗都是原注，有些我加上亚拉伯数字，其余拙注一律）。关于名物释义，间或采取《毛传》、郑《笺》。其余大半根据胡适之先生的《诗经新解》，刘大白先生的《白屋说〈诗〉》，冯沅君、陆侃如先生的《中国诗史》等书并参酌自己的一点意见。

我本是酷好艺术而一事无成的人，遭上海“一·二八”的惨劫，把所有的书具、乐器、模型都被毁了。恰巧留在友人处还有一部《诗经》，只好借这个机会来作译诗的尝试。同时却引起了三个感想：

（1）我国古书的确不容易读，很希望学界同人能把许多重要的载籍都用现代语翻译过来：一则可节省许多学者们的时间和精力，俾从事其他研究的工作。二则令一般能识字的人，都能了解古书的真相“原来就是如此”。《黎明》（十九期）上有寄南君在黄某译《诗经》后面说：

记得顾颉刚辈已经注意到古文今译一方面……译作白话诗，是一个很伟大的工作的首途。希望有同志的人起来协同努力！那么，我们将线装书丢在茅厕里，经过了三十年（吴稚晖先生说），便可直接读译诗而不必读佶屈聱牙的原文了。

我以为古书今译，确是现代的需要。线装书虽不必丢，但读可靠的译文，总比原文容易些。因此，我希望有许多好的译本出现，连我的译诗工作也还想继续下去的。

（2）我国社会被秦汉以后的腐儒糟蹋着不成样子。试看《诗经·国风》中的情诗，有的是写私奔、野合，有的是写互恋、单思；最显明的是齐、郑风里有不少的女惑男的诗，我们很可以窥见当时的社会是那样的解放，民族的思想是那样的自由；个人的性情是那样的活泼天真！那些主张复古的人，他们只见到汉儒、宋儒制成礼教的网，蒙住了古代社会的伪现象，见不到古代社会的真面目。叫人如何能相信他呢？

（3）艺术本来是民众的。艺术的真谛，是在满足人生的愿望；艺术的基础，完全建筑在情欲上面。我们晓得希腊唯一的女神维纳斯，是女性肉体美的代表；爱普罗，是男性肉体美的代表。他们是艺术的嫡派思想，他们造成了欧洲艺术界的重心。连近来我们画“模特儿”，何尝不是从那里来的；我国古代社会的艺术和文学，又何尝不像他们那样的赤裸。可是从吃人的旧礼教起来之后，什么节制情欲、消减情欲一类的话头，突然给男女中间筑就一层冷酷的障壁。艺术和文学的作品，也逐渐地由真实而变成虚伪，由浪漫而变成干枯，只要看国人缺乏艺术思想和文学观念，便是当前的好例证。所以我想借这些古代男女的情诗，给他们换上时髦的衣裳；无非要鼓荡民众的热情，要燃着民众的欲火，才好把他们引到艺术和文学一条路上去。我禁不住地高声喊道：

爱好艺术的朋友们！
一齐起来尝试罢！
我们要携手一块儿游泳，
作那诗海里面的金虫！
爱好艺术的朋友们！
一齐起来尝试罢！
我们要同民众一块儿跳舞，
在那座辉煌的艺术皇宫！

最后，我要谢谢孙福熙先生替我画封面，顾颉刚、汪静之两先生替我作序文，还有许多朋友们给我校正文字，贡献良好的意见，我都异常地感激，只好在这儿道谢一声。

漱琴

一九三二，五，十五，上海。

目　录

关　雎 周南

储皖峰

关关雎鸠[1]，在河之洲[2]；
窈窕[3]淑女，君子好逑。

参差荇菜，左右流[4]之；
窈窕淑女，寤寐[5]求之！

求之不得，寤寐思服；
悠哉悠哉，辗转反侧。

参差荇菜，左右采之；
窈窕淑女，琴瑟友之。

参差荇菜，左右芼[6]之；
窈窕淑女，钟鼓乐之。

漱琴按:《关雎》一篇，是一个男子单恋的恋歌。

【注释】

【1】《关雎》一篇的解释极其复杂：

A《诗序》:“《关雎》，后妃之德也，风之始也，所以风天下而正夫妇也。”

B《鲁诗》派如汉司马迁谓“周道衰而《关雎》作”；杜钦谓“佩玉晏鸣，关雎刺焉”；扬雄亦说“《关雎》为伤乱始”;《后汉书·杨赐传》称“康王一朝晏起,《关雎》见几而作”。可见汉人多认《关雎》为康王时诗。

C《韩诗》派如宋王应麟《韩诗考》云:“《关雎》，刺时也。”薛士龙《韩诗章句》则以为“说淑女正容仪以刺时者”。

D《齐诗》派如汉匡衡则泛指为“生民之始，婚姻之礼”。这一篇，后人多执美刺两种说法，因鲁诗、韩诗主于刺，齐诗和《诗序》都含有美的意思。至明人丰坊伪造汉人申培《诗说》谓“《关雎》文王之妃太姒，思得淑女以充嫔御之职，供祭祀宾客之事，故作是待”。其实这一说，前人多已论及，如宋程大昌《诗论》“十六，《关雎》为文王诗”条便张大其词，丰坊不过推波助澜罢了。后来的注家不加深考，认为《诗说》和《诗序》相符，往往沿用这种谬说，所以它的势力很大。到了胡适之先生的《诗经新解》，认为是男子思慕女子，用音乐来引诱她，挑动她。刘大白先生的《白屋说〈诗〉》，也说是男子的单思。那位单相思的诗人，在“寤寐思服”“辗转反侧”的时候，预先准备着“琴瑟友之”“钟鼓乐之”的乐器，将来合这位意中人“窈窕淑女”，要过这样的快乐生活；并非已经结合了，而实行这种生活。近来有人说它是结婚歌，也难免以辞害意。刘先生以为“钟鼓”“琴瑟”是想像中的东西，是不错的，胡先生的解释似乎指当时就用那种音乐。我采取胡先生“用音乐来引诱她，挑动她”的意思，时间则移后一点，所以把“琴瑟友之”“钟鼓乐之”两句译作“我将调那……”“我将敲那……”。“将”字隐与刘先生所说想像的意思符同。我以为这位单恋的诗人，在那“寤寐思服”“辗转反侧”的情况之下，怎能预备到后来和他的意中人过这种快乐生活；只是聚精会神地在那儿想着最近的将来，有什么方法来引诱她，挑动她呢？于是就想利用种种的音乐了。这样解释，或者比较近于事实。

【2】“洲”，李巡曰：“四方皆有水，中央独可居。”

【3】“窈窕”，《毛传》：“幽闲也。”扬雄云：“善心为窈，善容为窕。”是指内美、外美而言，故译作玲珑、活泼。

【4】刘大白先生《白屋说〈诗〉》云：“左右二字，旧说大都作方向解。其实左手作𠂇，右手作又。‘𠂇’就是左手，‘又’就是右手。”今从其说。“流”，《毛传》：“求也。”

【5】“寤”是觉，“寐”是寝。

【6】“芼”，《毛传》：“择也。”

【译文】

一双双的水鸟集在环水的沙汀，
关关地发出唱和的歌声；
那玲珑、活泼的人儿哟，
我也要在她的胸中拨取共鸣。

那些长短不齐的荇菜，

我将用手儿任意采取；
那玲珑、活泼的人儿哟，
我不论醒时梦里都在那儿追逐！

我明知道不能达到追求的目的，
可是她终于缠绕我的心头没有片时或释；
我抱着这种虔诚脉脉的悠思，
使得我翻来覆去不能安席。

那些长短不齐的荇菜，
我将用手儿任意采取；
那玲珑、活泼的人儿哟，
我将调那微妙的琴瑟来把她挑动。

那些长短不齐的荇菜，
我将用手儿任意择取；
那玲珑、活泼的人儿哟，
我将敲那谐和的钟鼓来使她乐意。

一九三二，五，二，于浙大。

葛　覃 周南

储皖峰

葛之覃兮，施于中谷。维[1]叶萋萋！
黄鸟于飞[2]，集于灌木，其鸣喈喈。

葛之覃兮，施于中谷。维叶莫莫！
是刈是濩[3]，为絺为绤[4]，服之无斁[5]。

言[6]告师氏，言告言归。
薄污我私，薄浣我衣。
害浣害否，归宁父母！

漱琴按:《葛覃》一篇，是叙妇人回家看父母的诗。

【注释】

【1】“维”字在《诗经》中用在第一、二、三、四字的句子约在百条以

上，尤以用在第一字的句子为多数。以往的注家，多以为当助字用的。胡适之先生的《诗经新解》以为“维叶萋萋”的“维”字是一种感叹词，同今人说“啊”“哦”，并引《老子》说“维之与阿，相去几何”为证，谓“此字在《诗经》中凑成乐节，无甚意义”。今从其说。

【2】胡适之先生说“于”字有两种用法：如“黄鸟于飞”的“于”字，有“在那里”的意思，“于以采繁”的“于”字，有“在何处”之义。颇觉精当。

【3】“刈”是斫伐，《韩诗》云：“刈，取也。”“濩”，《毛传》云：“煮之也。”《韩诗》云：“瀹也。”也是煮的意思。

【4】《毛传》谓葛之精者曰“絺”，粗者曰“绤”。

【5】“斁”，《毛传》云：“厌”也。

【6】胡适之先生《诗经新解》云：“诗中‘言’字有两种用法，一是位在两动字之间，做一种连字，等于‘而’字。如后文‘驾言出游’，即是‘驾而出游’。一是在动词之前，等于‘乃’字。此处有三个言‘字’皆当作‘乃’字解。‘乃告师氏’‘乃告乃归’，两句连用三个‘乃’字，写一种高兴的神情，与末二句同一种神气。”按这篇诗末了一节，胡先先生译过，我根据它稍为改动一点。

【译文】

葛蔓长得很长了，
已经牵延到山的溪壑。
叶子多么茂盛啊！
黄鸟正在那儿飞呢，

有时盘集在丛林的上头，
发出一种极和谐的声息。

葛蔓长得很长了，
已经牵延到山的溪壑。
叶子多么蒙密呵！
她给它斫下来再加泡制，
预想做成粗的或细的衣裳，
穿在身上当然很称心洽意。

立刻去告诉了师傅，
一面告诉她一面预备归去。
刚穿污了的——我的里衣；
刚洗净了的——我的衫子，
管它呢！洗不洗碍什么，
我要回家去问爷娘“安好”！

一九三一，四，八。

击　鼓 邶风

储皖峰

击鼓其镗，踊跃用兵。
土国城漕[1]，我独南行？

从孙子仲[2]，平陈与宋[3]。
不我以归[4]，忧心有忡！

爰居爰处，爰[5]丧其马；
于以[6]求之？于林之下。

死生契阔，与子成说[7]；
执子之手，与子偕老！

吁嗟阔兮！不我活兮。
吁嗟洵[8]兮！不我信[9]兮[10]。

漱琴按:《击鼓》一篇，是征夫久戍不归，怀念情人的诗。第一章述从军的情形。第二、第三两章是写久不得放归，客中紊乱的情况。第四、第五是他回想从前和她所订的成约，发出不能实现的感叹。

【注释】

【1】“土国城漕”《毛传》:“漕，卫邑也。”《笺》云:“或役土工于国，或修理漕城。”我译作负土筑城，认为这两事有连带关系，可分可合的。

【2】《毛传》:“孙子仲，公孙文仲也。”郑《笺》云:“子仲，字也。”

【3】“平陈与宋”一句，关系本事，解释甚多，兹约分为两组:

A《诗序》:“《击鼓》，怨州吁也。卫州吁用兵暴乱，使公孙文仲将而平陈与宋，国人怨其勇而无礼也。”《笺》云:“将者，将兵以伐郑也。平，成也。将伐郑，先告陈与宋以成其伐事。《春秋传》曰，宋殇公之即位也。公子冯出奔郑，郑人欲纳之，及卫州吁立，将修先君之怨于郑而求宠于诸侯，以和其民。使告于宋曰，君若伐郑，以除君害。君为主，敝邑以赋与陈蔡从，则卫国之愿也。宋人许之，于是陈蔡方睦于卫。故宋公、陈侯、蔡人、卫人伐郑是也。伐郑在鲁隐四年。”

B姚际恒《诗经通论》云:“卫穆公背清邱之盟救陈，为宋所伐，平陈宋之难，数兴军旅，其下怨之而作。”方玉润《诗经原始》也以姚氏之说为近似，但谓“细玩诗意，乃戍卒嗟怨之辞，非军行劳苦之诗；当是救陈后，晋宋讨卫（宋未曾讨卫）之时，不能不戍兵防隘，久而不归，故至嗟怨，发为诗歌”。

《诗序》只是空洞地引“平陈与宋”的原文，郑氏便以隐公四年卫与宋陈蔡三国伐郑事实之，但诗中只说到陈宋，并不提到伐郑，事实相差太远。姚氏所说清丘之盟，是鲁宣公十二年的事，这次同盟的为晋宋卫曹四国，目的在于“恤病讨贰”，宋因陈贰于楚，为同盟故伐陈，卫人救之。十三年冬，晋将讨卫背盟救陈，卫人杀大夫孔达以说于晋。方氏根据姚说加以引申，较毛、郑为合理可信。所以我也以为这诗当是卫兴师救陈以后，仍不时遣戍卒防边，大概戍卒中有的就把从前救陈的兵士来充数，久不放归，因愤而为此。诗中所谓“平陈与宋”，只是联想到背盟救陈这回事，我们正不必拘泥到宋无直接伐卫的事情。《毛传》把“与”解作“于”，按上列的事实，这句似可作“平陈于宋”或“为陈平宋”解。但是我的译文只是含混地说把那陈宋两国渐次平复了。

【4】“不我以归”一语，大约同时戍边的人有的已经回家，而这位诗人偏遇不到这种恩典，所以他说“不我以”咧。“以”字很有力量，我的译文作“还不放我北归”，“北归”显然和上面“南行”相对，“还”字是译“以”字的神气，想表示“放别人回来，我还不能够”的意思。细翻起来，似仍不及“以”字的自然而有力。“不我以归，忧心有忡。”两句诗的意思和唐骆宾王配从边军，所作《在军中赠先还知己》的诗相类，试看：

蓬转俱行役，瓜时独未还。魂迷金阙路，望断玉门关。献凯多惭霍，论封几谢班？　　风尘催白首，岁月损红颜。落雁低秋塞，惊凫起暝湾。胡霜如剑锷，汉月似刀环。别后边庭树，相思几度攀？

像这种描写戍人“魂迷”“望断”不得遽归的心理，和联想到“霜如剑锷，月似刀环”的变象，《击鼓》的诗人何尝不有这种同样的情绪，不过表现的形式较为单简罢了。

【5】按《诗经》中“爰”字，郑《笺》有两种不同的解释：

A《凯风》：“爰有寒泉。”《硕鼠》：“爰得我所。”《笺》“爰，曰也。”

B《击鼓》：“爰居爰处，爰丧其马。”《笺》云：“爰，于也。今于何居乎？于何处乎？于何丧其马乎？”再检《小雅·斯干》篇相类的语句：“爰居爰处，爰笑爰语。”《笺》云：“爰，于也。于是居，于是处，于是笑，于是语。”郑氏把“爰”字都训作介词“于”，“于”下再接一字，作“于何”“于是”。“于何……乎”为疑问诘词，“于是”为肯定连词，词性极不相同的。我以为郑氏矛盾的说法都不对，《凯风》及《斯干》篇的“爰”字，当为语首助词，即《集韵》所谓“引词”，无义。所谓居、处，当指客中原住的地方。

【6】胡适之先生《诗经新解》谓“于”字一作“在何处”的意思。杨树达先生《词诠》谓“于以”之所以为疑问，当在“以”字而不在“于”。“以”含有“何”的意义。

【7】“与子成说”，“子”自然是指戍卒的妻，或他的情人。本当译作“你”的，但因这诗是回想前事，不是此时当面说话，所以译作“她”。他俩的成说，就是“执子之手，与子偕老”的约言。“死生契阔”一句，不过是加重语气，坚守约言的一种表示，就是说“不论怎么样，我总要和你好到底”的意思。这和汉《乐府铙歌》中《上邪》一首很相像：

上邪，我欲与君相知，长命无绝衰。山无陵，江水为竭，冬雷震震，夏雨雪，天地合，乃敢与君绝。

“我欲与君相知，长命无绝衰。”和“执子之手，与子偕老！”相同，“山无陵，江水为竭，冬雷震震，夏雨雪，天地合，乃敢与君绝。”和“死生契阔”相同。为的要维持“执子之手，与子偕老”和“与君相知，长命无绝衰”的约言，不得不作这种坚决的表示。单就形式上看，《击鼓》的句子似不及《上邪》的参差而有趣。细翻它的内容，《击鼓》把“死生契阔”一句摆在前面，表情较为从容含蓄，《上邪》“乃敢与君绝”和“与君相知……无绝衰”首尾相应，较为急迫透露一点，这自然是时代演进的关系，如专从艺术观点立论，可以说是异曲同工。

【8】“洵”，《毛传》：“远也。”《韩诗》作“夐”，亦作远解。今从之。

【9】“信”，《毛传》：“信，极也。”《正义》曰：“信，古伸字。故《易》曰：‘引而信之。’伸即终极之义，故曰：信，极也。”我以为《正义》附会毛说，殊嫌武断。“信”“伸”为古今字，《集韵》谓与“申”同。《击鼓》诗中“信”字正当作“申”解，是指从前所订的约言，如今既然不能生还，当年的成约也就无法重申实践了。

【10】这篇诗的用韵，最后一节极其婉妙。句末均用“兮”字谐声，押韵在第三字，“阔、活”同韵，“洵、信”同韵。这一点在现代诗中要表现出来，的确不容易。我的译文勉强用了两种谐声：

（1）——离别哟。
　　　　*○
（2）——再活了
　　　　◎*
（3）——远隔哟。
　　　　*○
（4）——践约了
　　　　◎*

句尾谐声，（1）（3）同用“哟”字，（2）（4）同用“了”字。句中谐声均在末一字的上面，（1）（3）用“别”“隔”二字，（2）（4）

用“活”“约”二字，虽和原来的韵式不同，也许可算得保留一点原意。

记得《黎明》上有某君臆译此篇，大致不错，惜文字太烦。

【译文】

战鼓发出咚咚的声音，
大家都踊跃地前往从军。
看那些负土筑城的人们，
何如我个人越境南征？

我们跟着公孙文仲的队伍，
把那陈宋两国渐次平复。
如今他还不放我北归，
只赢得无限的羁愁乡思！

我只好颓丧地住在这边，
不料我的马儿忽然不见。
我将往何处寻它？
直跑到山麓丛林的下面。

我记得曾经同她说过：
不论是死生或是离合，
我要紧紧地握住她的手儿，
誓践那白头偕老的成约！

啊！这是可诅咒的离别哟！
如今我怕不能再活了。
啊！这是可痛恨的远隔哟！
如今我怕不能践约了。

一九三二，四，七。

静　女 邶风

顾颉刚

静女其姝，俟我于城隅。
爱而不见，搔首踟蹰。

静女其娈，贻我彤管。
彤管有炜，说怿女美。

自牧归荑，洵美且异。
匪女之为美，美人之贻！

漱琴按:《静女》一篇，是男子想念情人的诗。第一章写有约却不曾遇见的心情。第二章描写因物而思人。第三章是说因人而爱物。

【译文】

幽静的女子美好呵，
她在城角里等候着我。
我爱她，但寻不着她，
使得我搔着头，好没主意。

幽静的女子柔婉呵，
她送给我这根红管子。
红管子呵，你好光亮，
我真欢喜你的美丽。

你，就是她从野里带回来的荑草，
实在的美丽而且特别——
咦，哪里是你的美丽呢，
只为你是美人送给我的！

一九二一年译，一九二六年发表。

静　女 邶风

魏建功

静女其姝，俟我于城隅。
爱而不见，搔首踟蹰！

静女其娈，贻我彤管，
彤管有炜，说怿女美！

自牧归荑，洵美且异；
匪女之为美，美人之贻！

【译文】

幽静人儿呵漂亮，
等着我在城墙角：
——我爱心肝见不着，
抓耳挠腮没主张！

幽静人儿呵柔婉，
她送我一枝红管，
红管红得红堂堂，
——我爱心肝多好看！

野里带回的荑草，
实在好看又稀奇；
——不是你生来的好，
好在人儿送的礼！

一九二六，五，二十。

静　女 邶风

刘大白

静女其姝，俟我于城隅；
爱而[1]不见，搔首踟蹰！

静女其娈，贻我彤管；
彤管有炜，说怿女美！

自牧归荑，洵美且异！
匪女之为美，美人之贻！

【注释】

【1】大白先生《毛诗·邶风·静女》底讨论“四谈静女”一段，引《说文》上的解释：“僾，仿佛也；从人，爱声。诗曰：‘僾而不见’。”是把“僾”字当作“仿佛”解释的。至于“爱而”的“而”字是一个副词尾语，和《论语·微子》所载的楚狂《接舆歌》“已而已

而，今之从政者殆而！”以及《左传》“若敖氏之鬼，不其馁而！”等而字的用法相类，所以“爱而不见”就是“仿佛不见”的意思。（见《白屋说〈诗〉》）

【译文】

一个静悄悄的姑娘，
美丽而又端庄，
约定等我在城角旁；
——为甚仿佛看不见？
累我搔着头皮，
远望着在路上彷徨！

一个静悄悄的姑娘，
妩媚而又和婉，
她送给我这支红管；
红管红得有光芒，
我爱你能代表——
咱们俩爱情的美满！

你就是她从牧场上，
采回来的柔荑，
实在美丽而又稀奇！

不但你自身美丽，
更可爱在你是——
那美人送我的表记！

一九二九，四，二九。

静　女 邶风

谢　寒

静女其姝，俟我于城隅；
爱而不见，搔首踟蹰。

静女其娈，贻我彤管；
管彤有炜，说怿女美。

自牧归荑，洵美且异；
匪女之为美，美人之贻。

漱琴按:《静女》篇尚有董作宾等五篇译文，载在《古史辨》第三册下编，读者可参看。

【译文】

一个美丽的少女，

约定等我在那城的一隅；
为甚不见我那心爱的，
急得我搔着头皮走来走去。

一个温柔的少女，
他送我一支彤管呢；
彤管现着红色的光芒，
我欢喜它能代表她的美丽。

它就是她从牧场采取来的嫩荑，
却是那样美好而又新奇！
并非它自身的美丽，
因为它是美人送我的表记。

一九三一，四，九。

柏　舟 鄘风

储皖峰

汎彼柏舟[1]，在彼中河；
髧彼两髦[2]，实维我仪[3]！
之死矢靡它！
母也天只！不谅人只？

汎彼柏舟，在彼河侧；
髧彼两髦，实维我特！
之死矢靡慝[4]！
母也天只！不谅人只？

漱琴按:《柏舟》一篇，是写一个女子恋爱不遂发出来的怨声。

【注释】

【1】刘大白《白屋说〈诗〉》云:“这篇诗是女子自己爱上了一个男子,拼死要嫁给他;而她的母亲偏不答应,所以有此怨言。……这在中河在河侧泛着的柏舟,就是她的‘髧彼两髦’的爱人所泛;也许那位爱人,是泛着柏舟而来接取她一同逃走的。但是她被她的母亲阻碍着不得脱身,所以喊出‘母也天只!不谅人只?’的怨声来,立誓到死不嫁给别人,到死不起另外的邪念,而认定‘髧彼两髦’的人,是她唯一的匹配。”我觉得他的解释很合理,所以我的译文采取他的意见。

【2】“髧彼两髦”“髧”两髦之貌。《毛传》云:“髦者,发至眉,子事父母之饰。”

【3】“仪”,匹也,故译作伴侣。

【4】“慝”,邪也,示不变心的意思。

【译文】

他泛着小小的柏舟,
在河的中流行止;
他的髦髮分向两边披,
他实在是我理想中唯一的伴侣!
我相信就是到死也不会变了主意!
妈呀!天呀!
为什么不谅解我的心呀?

他泛着小小的柏舟，
在河的一旁荡漾；
他的髦发分垂了两行，
他实在是我理想中唯一的伴侣！
我相信就是到死也不会变了衷肠！
妈呀！天呀！
为什么不谅解我的心呀？

一九三二，四，八。

蝃　蝀 鄘风

储皖峰

蝃蝀在东，莫之敢指？
女子有行，远父母兄弟。

朝济于西，崇朝其雨[1]！
女子有行，远兄弟父母。

乃如之人也[2]，怀昏姻也。
大无信也，不知命也。

漱琴按：《蝃蝀》一篇，是一个女子失恋的诗。

【注释】

【1】《诗经精华》云："在东，暮虹也。虹随日所映，故朝在西，暮在东。"顾起元云："虹，俗谓之'鲎'。谚云：'东鲎日头，西鲎雨。'

信然。”

【2】这句是说人的变化，好像虹的朝西暮东一样。所以郭沫若把这一节译作:“他呀，他那样的人儿呀，我是受他骗了！他好像那样长虹，啊！瞬刻他就变了。”

【译文】

长虹挂上了天东，
有谁个敢向它指?
我自从出嫁远行，
离弃了我的父母、兄弟。

长虹又在西方升起，
明朝怕要下雨呵!
我自从出嫁远行:
离弃了我的兄弟、父母。

他是那样的一个人哟，
这一段婚姻总算被他骗了。
我不愿回想那失信的主因，
只怪我的命儿不好。

一九三二，四，二十。

伯 兮 卫风

谢 寒

伯兮朅兮！邦之桀兮！
伯也执殳，为王前驱。

自伯之东，首如飞蓬；
岂无膏沐？谁适为容！

其雨其雨，杲杲出日；
愿言思伯，甘心首疾！

焉得谖草，言树之背；
愿言思伯，使我心痗！

漱琴按:《伯兮》一篇，是说一个女子牵记着远别的情人的诗。

【译文】

英武的人儿呵！
他真是国家的勇士！
他握着丈二的长矛，
替那王公们去做前驱。

从他去到东方以后，
我的头发散乱得好像蒿蓬一般；
难道是没有润发的脂膏吗？
打扮着给谁看呢！

希望它下点微微的雨，
太阳却又灿烂地放出光明；
我情愿时刻地怀念着他，
就是我的头儿痛了，我也甘心！

怎能得着忘忧的萱草，
栽在我那堂屋的背后；
我愿时刻地怀念着他，
纵然我的心病了，我也不肯丢！

一九三二，四，七。

有　狐 卫风

陈漱琴

有狐绥绥[1]，在彼淇梁。
心之忧[2]矣，之子无裳。

有狐绥绥，在彼淇厉。
心之忧矣，之子无带。

有狐绥绥，在彼淇侧。
心之忧矣，之子无服。

漱琴按:《有狐》一篇，是男子出门打猎时，想到他的妻子或情人的诗。

【注释】

【1】刘大白《白屋说〈诗〉》云，他出门打猎，到了淇水左近。看见绥

绥的狐狸，就记起家里的妻子或是未结婚的恋人缺少裙子、带子和衣服来了，他很想把这狐狸打着带回去给她做裙子、带子和衣服。

【2】“忧”普通当作“愁”解，按《尔雅·释诂》:“忧，思也。”所以译作想念。

【译文】

有个雄赳赳的狐狸，
在那淇水的桥上彷徨。
不觉想念到我的爱人，
她缺少一套美丽的衣裳。

有个雄赳赳的狐狸，
在那淇水的湾畔徘徊。
不觉想念到我的爱人，
她缺少一条标致的衣带。

有个雄赳赳的狐狸，
在那淇水的一旁追逐。
不觉想念到我的爱人，
她缺少一件漂亮的衣服。

一九三二，四，十九。

采　葛 王风

陈漱琴

彼采葛兮，一日不见，如三月兮！

彼采萧兮，一日不见，如三秋兮！

彼采艾兮，一日不见，如三岁兮！

漱琴按:《采葛》一篇，是一个男子思念他的情人的诗。陆侃如、冯沅君两先生《中国诗史》(以下简称《诗史》)说:“凡尝过别离滋味的人，当能懂得这首诗的意义。”

【译文】

她出去采葛草了，
我们一天没见着，
好像隔着三月了！

她出去采萧草了，
我们一日没有见着，
好像隔着三秋了！

她出去采艾草了！
我们一天没有见着，
好像隔着三年了！

一九三二，四，十六。

大车 王风

汪静之

大车槛槛[1]，毳衣如菼[2]。
岂不尔思？畏子不敢[3]。

大车啍啍[4]，毳衣如璊[5]。
岂不尔思？畏子不敢。

穀则异室[6]，死则同穴[7]。
谓予不信，有如皦日[8]！

漱琴按:《大车》一篇，是写一个女子的单思。第一、第二两章是说她爱他，而又怕他，不敢和他亲近。第三章说到“死则同穴”，无非表明她那种诚恳的心迹。

【注释】

【1】车声。车中之人非武士即贵族，故女子如此倾慕。

【2】毳，音曰 TsWee，菼，音 Tan，芦之始生也。毳衣，绣五色，青者如菼。

【3】《朱注》云："子，大夫也。"非是，当时防范不如是之严也。余疑尔与子实指一人，即乘车者。盖当时贵族与武士有特殊权利，可为所欲为，此女子虽私心慕之，然恐不蒙青眼，故"不敢"云云。

【4】"哼"，音吞，重迟之貌。

【5】璊玉，赤色。毳衣五色，故有赤。

【6】"穀"，生也。

【7】"穴"，圹也，音 Sweb。

【8】"皦"，白也。

【译文】

干干响的是你坐的车，
你衣服上的绣花好像青芦叶。
我难道不想思你吗？
只因怕你，不敢爱你呀！

你坐在车上吞吞地去，
你衣服上的绣花好像赤玉。
我心中的爱情已经红如火，
只怕你的不爱我。

我生时虽不能和你同床共被。
我死后定要和你埋在一个墓里。
假使你不相信我的真诚，
那白日可以做我们的证人！

丘中有麻 王风

钟敬文

丘中有麻，彼留子嗟[1]。
彼留子嗟，将其来施施！

丘中有麦，彼留子国。
彼留子国，将其来食！

丘中有李，彼留之子。
彼留之子，贻我佩玖。

漱琴按:《丘中有麻》一篇，是怀人的诗。

【注释】

【1】此句原文中的“子嗟”及次章第二句的“子国”，前人解为“男子之字”。我以为“嗟”“国”二字，当是助词。

【译文】

山阿中麻茎密密，
那里怕有人把你留住。
你虽然被留住了，
我终望你笑着走来呢！

山阿中麦丛密密，
那里怕有人把你留住。
你虽然被留住了，
我终望你来和我共食呢！

山阿中李树密密，
那里怕有人把你留住。
你虽然被留住了，
我终望你送给我一个玉佩呢！

将仲子 郑风

谢　寒

将仲子兮！无逾我里！无折我树杞！
岂敢爱之？畏我父母！仲可怀也！
父母之言，亦可畏也！

将仲子兮！无逾我墙！无折我树桑！
岂敢爱之？畏我诸兄！仲可怀也！
诸兄之言，亦可畏也！

将仲子兮！无逾我园，无折我树檀！
岂敢爱之？畏人之多言！仲可怀也！
人之多言，亦可畏也！

漱琴按:《将仲子》一篇，是女子劝告她的爱人一段真情话。因为男的要到她这儿来，女的怕她父母诸兄和别人说闲话，所以叫他不要这样。

【译文】

亲爱的哥儿呀！
你别走进我的里呀！
别折我所种的杞吧！
哪里是爱惜它呢？
恐怕我的父母呵！
哥儿固是很可怀念的！
父母的言语，
也是很可怕的呵！

亲爱的哥儿呀！
你别爬过我的墙呀！
别折我所种的桑吧！
哪里是爱惜它呢？
恐怕我的哥哥呵！
哥儿固是很可怀念的！
哥哥的言语，
也是很可怕的呵！

亲爱的哥儿呀！

你别进我的园呀！
别折我所种的檀吧！
哪里敢是爱它呢？
恐怕他人要说闲话呵！
哥儿固是很可怀念的！
他人的闲话，
也是很可怕的呵！

一九三一，五，二。

叔于田 郑风

钟敬文

叔[1]于田，巷无居人。
岂无居人，不如叔也，洵美且仁。

叔于狩，巷无饮酒。
岂无饮酒，不如叔也，洵美且好。

叔于野，巷无服马。
岂无服马，不如叔也，洵美且武。

漱琴按:《叔于田》一篇，是女子想念情人的诗。

【注释】

【1】“叔”字，旧释为郑庄公弟共叔段，其实，当是女子称其情人之词。此种称谓，今尚存留于我国南部“客家人”的活语言中。此字除

"他"字外，译作"你"字亦可。

【译文】

他走了出去射鸟，
我们巷里好像没有人居住。
不是真的没有人居住，
别的居住的人，
都不像他的美丽而慈惠。

他走了出去打猎，
我们巷里好像没有人饮酒。
不是真的没有人饮酒，
别的饮酒的人，
都不像他的美丽而善饮。

他走了出去野游，
我们巷里好像没有人骑马。
不是真的没有人骑马，
别的骑马的人，
都不像他的美丽而勇敢。

遵大路 郑风

汪静之

遵[1]大路兮，掺执子之袪[2]兮：
“无我恶[3]兮，不寁故也！”

遵大路兮，掺子之手兮：
“无我魗[4]兮，不寁好[5]也！”

漱琴按:《遵大路》一篇，是女子和她的情人话别，希望他不要弃绝她。

【注释】

【1】“遵”，循也。

【2】“掺”，揽也。“袪”，音 Tsoo，袖也。

【3】“恶”，音 Woo。

【4】“魗”与丑同。

【5】“好”，音 Hou。

【译文】

沿着大路赶得快，
牵住他的衫袖衣裳带：
“请你不要讨厌我，
不可弃绝了旧相爱！”

沿大路跟着他跑，
拖住他的手儿说道：
“请你不要嫌我丑，
不可弃绝了老相好！”

遵大路 郑风

刘大白

遵大路兮，掺[1]执子之袪兮：
无我恶兮，不寁故也！

遵大路兮，掺执子之手兮：
无我魗兮，不寁好也！

漱琴按：刘先生这首译文，见《白屋说〈诗〉》。他说是一首送别的诗，是一个女子送情人的话别诗。

【注释】

【1】大白先生云："《毛传》把'掺'解作'揽'，'寁'解作'速'，都是错的。'掺''寁'二字，同字异形，都是假借字。它们的意义，就是'我'字。《毛诗》和《尚书》中，大都作'朕'字，也有作'朁'字、'憯'字、'噆'字或'掺'字的；而其实就是现在的

‘喒’字或‘咱’字。此诗是一个女子送她的情人到了大路旁边而和他话别，‘掺’‘我’‘寁’三字，都是女子的自称。”

【译文】

你顺着大路要走了，
我却在路旁拉住你的袖子；
你不要厌恶我呀，
不念我的旧情！

你顺着大路要走了，
我却在路旁拉住了你的手儿；
你不要嫌我丑陋呀，
不再和我要好！

山有扶苏 郑风

陈漱琴

山有扶苏，隰有荷花。
不见子都[1]，乃见狂且！

山有乔松，隰有游龙[2]。
不见子充[3]，乃见狡童！

漱琴按:《山有扶苏》一篇，是女子和她的情人有约不遇的诗。

【注释】

【1】《毛传》:“子都，世之美好者也。”

【2】《毛传》:“龙，红草也。”郑《笺》云:“游龙，犹放纵也。”

【3】《毛传》:“子充，良人也。”大概是指充实，诚恳说的。

【译文】

山上有葱秀的小木繁殖，
池内有娇艳的荷花映水。
我等我的美丽的人儿不见，
偏遇见那个浪荡子！

山上有苍翠高大的松树，
池旁有红色牵连的草卉。
我等我的真实的人儿不见，
偏遇见那个滑头鬼！

一九三二，四，十八。

萚兮 郑风

储寄青

萚兮！萚[1]兮！风其吹女。
叔兮！伯兮！倡予和女！

萚兮！萚兮！风其漂汝。
叔兮伯兮！倡予要[2]女！

漱琴按:《萚兮》一篇，是写女子同男子在一块儿唱歌，大概是古代一种普遍的风气。郭沫若《卷耳集》谓原始人每以唱歌为合欢之媒。于一定时日，男女相聚，男子竞唱，女子择其善于唱者而嫁之。我觉得这首诗所表现的，正是这种风俗。现今湖南的苗民、广东的猺民和客家人，还保存这种遗俗。

【注释】

【1】“萚”，《孔疏》：“落叶谓之萚。”

【2】“要”，《诗经精华》注云：“要，成也。和者和于始，要者要于终。”所以译作“和个到底”。

【译文】

落叶！落叶！
风儿要起来吹掉你。
哥呀！弟呀！
你们唱罢，
我也要起来和你！

落叶！落叶！
风儿要把你刮到地。
哥呀！弟呀！
你们唱罢，
我总要和个到底！

狡　童 郑风

陈漱琴

彼狡童兮！不与我言兮。
维子之故，使我不能餐兮！

彼狡童兮！不与我食兮。
维子之故，使我不能息兮！

漱琴按:《狡童》一篇，是写一个女子单恋的诗。

这首诗本来译作“那姣好而滑头的人儿哟！为什么不把相思和我细说？我为了渴慕你的原故，连吃饭都不能下咽！”“那姣好而滑头的人儿哟！为什么不到这里和我共食？我为了渴慕你的原故，我的心儿不能安息！”的，总嫌它太散文气了。后来见着一位先生，他把前段改了一下，变成了民歌的声口，颇觉圆熟而有趣。所以我也把后段改了。

【译文】

一个小滑头，
不和我说话；
都是为了你，
使我饭也吃不下！

一个小滑头，
不陪我吃饭；
都是为了你，
使我睡也睡不安！

一九三二，四，二。

褰裳 郑风

汪静之

子惠思我，褰裳涉溱[1]，
子不我思，岂无他人？
狂童之狂也且！

子惠思我，褰裳涉洧[2]，
子不我思，岂无他士[3]？
狂童之狂也且！

【注释】

【1】“溱”，郑水名。

【2】“洧”，音 Yee，郑水名。

【3】“士”，武士也。朱注谓“未娶者之称”非。

【译文】

假使你仍旧思念你的妹妹，
我便渡过溱水来相会；
假使你不再爱我时，
难道便没有别的武士？
你这短命鬼呀短命鬼！①

① 编者注：原书无第二节译文。

褰　裳 郑风

陈漱琴

子惠思我，褰裳涉溱。
子不我思，岂无他人？
狂童之狂也且[1]！

子惠思我，褰裳涉洧。
于不我思，岂无他士？
狂童之狂也且！

漱琴按:《褰裳》一篇，是写一个女子和她的情人开玩笑的诗，从这首诗的语气上看来，可见当时郑国女子的胆子很大。

【注释】

【1】“你这滑头鬼哟，滑头鬼！”一语，出于情人的口里，并不是真正的骂人，似乎还带点爱的意味。

【译文】

承你的厚意爱慕到我，
我便揭着衣裳渡过溱水的洪波。
假使你不再爱我，
难道我就找不着别的情哥？
你这滑头鬼哟，滑头鬼！

承你的厚意对我有情，
我便揭着衣裳渡过洧水之滨。
假使你对我无心，
难道我就找不着别的爱人？
你这滑头鬼哟，滑头鬼！

一九三二，四，三。

出其东门 郑风

钟敬文

出其东门，有女如云。
虽则如云，匪我思存。
缟衣綦巾，聊乐我员！

出其闉阇，有女如荼。
虽则如荼，匪我思且。
缟衣茹芦，聊可与娱！

漱琴按:《出其东门》一篇，是写男子情有独钟的意思。《诗史》说:“在这种见异思迁、得新忘旧的风气里，这篇诗是很可贵的。”

【译文】

我走出了东门之外，

看见白云般的女儿。
她们虽然多且美丽如白云,
但不是我所眷恋的。
我那白衣青巾的人儿哟,
要你才是我欢爱的伴侣!

我走出了城楼之外,
看见茅花般的女儿。
她们虽然多且美丽如茅花,
但不是我所眷恋的。
我那白衣绛裙的人儿哟,
要你才是我欢爱的伴侣!

野有蔓草 郑风

钟敬文

野有蔓草，零露漙兮。
有美一人，清扬婉兮。
邂逅相遇，适我愿兮。

野有蔓草，零露瀼瀼。
有美一人，婉如清扬。
邂逅相遇，与子偕臧！

漱琴按:《野有蔓草》一篇，是叙述野合，男子心满意足的情诗。《诗史》谓这篇颇与《唐风·绸缪》相似。实则笃叙男女情事虽同，论时地则完全不同。

【译文】

郊原中茸茸的碧草，

都缀着莹明的露珠。
哪里来的美姑娘?
眉宇间别饶清灵之气。
虽是偶然相逢,
我可多么地适意!

郊原中茸茸的碧草,
都缀着莹明的露珠。
哪里来的美姑娘?
清灵之气洋溢于眉宇。
虽是偶然相逢,
我愿和你一辈儿同居!

鸡　鸣 齐风

陈漱琴

鸡既鸣矣[1]，朝既盈[2]矣。
匪鸡则鸣，苍蝇之声。

东方明矣，朝既昌[3]矣。
匪东方则明，月出之光。

虫飞薨薨，甘与子同梦。
会[4]且归矣，无庶予子憎[5]。

漱琴按:《鸡鸣》一篇，是男女私奔幽会的诗。

【注释】

【1】这首诗的说法很多，现在只举出重要的几说如下——

A《诗序》说:“《鸡鸣》，思贤妃也。哀公荒淫怠慢，故陈贤妃贞女夙夜警戒相成之道焉。”这一说完全不对。

B刘大白先生以为《鸡鸣》一篇，和李商隐的“为有云屏无限娇，凤城寒尽怕春宵，无端嫁得金龟婿，辜[1]负香衾事早朝”的意思相同。他说：“是一位官太太在一个五更头想她上朝去的丈夫，希望他早点回来，再和她一同睡觉。她渴盼她的丈夫回来，有点神经错乱，发生错觉了。她听到了苍蝇之声，以为鸡儿在叫了，这时候朝廷上已经人满了，早朝快要完毕了，她丈夫就可以回来了。然而不然。她看到了月出之光，以为东方日出了，这时候朝廷上已经光昌了，早朝快要散退了，她丈夫就可以回来了。然而又不然。于是她有点怨了。她说：‘虫飞薨薨的时候，我愿和你再睡一觉；也许你将要回来了吧，希望你不要尽管不回来，使我憎嫌你！’这不是怨她的丈夫‘辜负香衾事早朝’吗？”（《白屋说〈诗〉》）大白先生所以误解这首诗，就是脱不了“会”字的圈套，他仍然拘泥那“会”为“朝会”的旧说。他也认清贤妃贞女的说法不对，就把贤妃改作臣子的妻，这种换汤不换药的辨法，我是不敢赞同的。

C友人陆侃如和冯沅君两先生说：“《鸡鸣》的一篇，旧说均误，崔述等都未能改正。我们以为一、二章的‘朝’字及三章的‘会’字，并非指群臣来朝……全诗为对话体，每章前二句是一个人的话，后二句另是一个人的话。……这是一首绝妙的私奔的诗。一个提心吊胆，一个留恋不去，神情真是逼肖。”（《中国诗史》）我觉得他们的解释很有道理，所以我译这首诗完全用他们的新的解释。

D储皖峰先生说：“《鸡鸣》全篇为对话体，在中国诗歌中实不多见，这种体裁是开后世《竹枝词》《采莲子》的先河。如皇甫松的《竹枝词》：‘木棉花尽（竹枝）荔枝垂（女儿），千花万花（竹枝）待郎

① 整理者按：原书误作“孤”。

归（女儿）。’殆其一例。‘竹枝’与‘女儿’对话，‘竹枝’当为男性。《鸡鸣》诗的对话，发端的系女性。齐女的放浪胆大，即此可见一斑。”（《中国文学史试探》）根据这段话，我便把冯、陆两先生《诗史》上所标的“甲说”“乙说”改成“女说”“男说”，写在译文上面。

【2】“朝”就是早上，“盈”就是《礼运》“是以三五而盈”之盈，《疏》谓“月光圆满”，此处指光而言。

【3】“朝既昌矣”与“东方明矣”同义。《说文》“昌，月光也”；《广雅·释言》“昌，光也”，均可证。

【4】“会”字非名词，乃连词；《公羊传·隐公元年》谓“会、及、暨，皆与也”，可证。

【5】“无庶予子憎”一语，从字面上看，似乎可译作“免得你厌恶我”，也可作“免得我憎嫌你”的解释。但就对话体语气完足起见，便译作“免得人家为了我而讨厌你”。

【译文】

（女说）“听呵！鸡儿已经喔喔地叫了，
　　曙光也已经布满了空隙。”
（男说）“那不是鸡儿的歌声，
　　却是苍蝇们的声息。”

（女说）“看呵！东方渐渐地发起亮来了，
　　天空中已经散布着朝霞的灿烂。”
（男说）“那不是朝霞的灿烂，

却是残余的月亮的光芒。"

（女说）"呵！虫儿正在嗡嗡地飞呢，
我还愿意和你再睡一会呢……"
（男说）"不久，不久——我便要回去，
免得人家为了我而讨厌你。"

一九三二，三，二十。

东方之日 齐风

陈漱琴

东方之日兮，彼姝者子，
在我室兮；在我室兮，
履我[1]即兮！

东方之月兮，彼姝者子，
在我闼兮；在我闼兮，
履我发兮！

漱琴按:《东方之日》一篇，是男女私会的情诗。

【注释】

【1】《毛传》:“履，礼也。”《笺》云:“即，就也。在我室者以礼来，我则就之，与之去也。”我觉得履并不一定当礼解，似乎含有走动的意思。

【2】《毛传》："闼，门内也。"《韩诗》云："门屏之间曰闼。"今译作门口。

【译文】

朝阳渐由东方升起，
哪里来的美丽的姑娘，
降临到我的房里；
她既然来到我的房里，
我就该立起身来伴她行止！

月亮挂在天的东首，
哪里来的皎洁的姑娘，
降临到我的门口；
她既然来到我的门口，
我就该立起身来伴她闲走！

一九三二，三，十九。

东方未明 齐风

陈漱琴

东方未明，颠倒衣裳。
颠之倒之，自公召之。

东方未晞，颠倒裳衣。
倒之颠之，自公令之。

折柳樊圃，狂夫瞿瞿。
不能辰夜，不夙则莫。

漱琴按:《东方未明》一篇，是男女私奔的情诗。第一、第二两章是说一个女子私奔到男子那儿去，当天还没有亮的时候，他就催着她走；致令“颠倒衣裳”，所以她发出“公令”“公召”的怨语。第三章是她回想从前被他追逐的情形。“折柳樊圃”，想系他们初次往来的事实。

皖峰按：这首诗虽可作这样解释，但事实上较为复杂。《诗经》中“伯”“仲”“叔”三字，有些可当“情人”解，而“公”字是否可当情人解？还是一个疑问。

【译文】

东方还没有射出些微的光亮，
逼得我颠倒地穿着我的衣裳。
颠哟！倒哟！
这都因你叫我来呵！

东方还没有露出光明的红日，
逼得我颠倒地穿着我的衣裳。
颠哟！倒哟！
这都因你催我走呵！

谁个折毁了那脆柳编的篱藩，
便任你这浪荡鬼呀往来追赶。
竟把我弄得昼夜不分，
不能辨别时候的早晚。

一九三二，三，二三。

甫 田 齐风

钟敬文

无田甫田，维莠骄骄。
无思远人，劳心忉忉。

无田甫田，维莠桀桀。
无思远人，劳心怛怛。

婉兮娈兮，总角丱兮。
未几见兮，突而弁兮[1]。

漱琴按:《甫田》一篇，是写女子单思的诗。《诗史》云:“从前两章上看来，此首是写女性的单相思。若把末两句认作真语，全诗的价值也无从显露了。”

皖峰按：这首诗，从诗的艺术上看，末段似作悬揣的意思好一点。

【注释】

【1】此段末二句。原来拟译作悬揣之词，其全段译文如下：

别时，他是个娇小的儿童，
头上还梳着两颗小角鬏。
不多时再见了，
怕已戴上了大人的危冠？

【译文】

不要耕治那旷大的荒田，
那里满长着野草芊芊，
不要浪思那远别的情郎，
浪思着他呵，心儿遑遑。

不要耕治那旷大的荒田，
那里满长着野草茫茫，
不要浪思那远别的情郎，
浪思着他呵，心儿怅怅。

别时他是个娇小的儿童，
头上梳着两个小角鬏。
不多时再见了，
他却已戴上了大人的危冠。

十亩之间 魏风

吴景澄

十亩之间兮，桑者闲闲兮！
行与子还兮。

十亩之外兮，桑者泄泄兮！
行与子逝兮。

漱琴按:《十亩之间》一篇，是男子眷恋采桑女的诗。

【译文】

那十亩农田的中间，
采桑的女儿是多么幽闲呢！
我将要同你们一路回去的。

那十亩农田的外边，

采桑的女儿是多么快活呢！
我将要同你们一块儿走的。

一九三二，三，二五。

葛　生　唐风

储皖峰

葛生蒙楚[1]，蔹蔓于野。
予美亡此，谁与独处？

葛生蒙棘，蔹蔓于域[2]。
予美亡此，谁与独息[3]？

角枕粲兮，锦衾烂兮。
予美亡此，谁与独旦？

夏之日，冬之夜，
百岁之后，归于其居！

冬之夜[4]，夏之日，
百岁之后，归于其室！

漱琴按:《葛生》一篇，是悼亡诗。

【注释】

【1】刘大白先生说:“《葛生》是一篇悼亡诗……第一、第二两章，是向墓地上去探寻。到了墓地，只看见‘葛生蒙楚，蔹蔓于野’‘葛生蒙棘，蔹蔓于域’，谁来伴我这独处独息的人呢！第三章是回到家里，只看见粲然的角枕，烂然的锦衾，原是我的美人在世的时候和我相与同眠以达旦的；但是我的美人现在又不在此，谁来伴我这独眠达旦的人呢？于是第四、第五两章说，‘夏之日，冬之夜’，都是很长的。不知要经过若干的‘夏之日，冬之夜’‘冬之夜，夏之日’，到了‘百岁之后’，才能‘归于其室’‘归于其居’，和我的美人同处同息同眠以达旦。‘室’和‘居’是指坟墓而言；归室归居，就是‘死则同穴’的意思。”我觉得他的解释很好，所以我这篇译文，也就根据他的意思。

“楚”，丛木也。

【2】“域”,《毛传》:“域，营域也。”就是指坟墓所在地。

【3】《毛传》:“息，止也。”

【4】这两节意义差不多，郭沫若只译了一节。

【译文】

葛藤牵缠到了树梢，

蔹草蔓延上了荒郊。

美的人儿——她早已死了，

谁来慰我这孤独的寂寥？

葛藤牵缠到了荆棘，
蔹草蔓延上了坟地。
美的人儿——她早已死了，
谁来伴我这孤另的栖息？

角枕仍是那样地灿烂，
锦衾仍是那样地炫耀。
美的人儿——她早已死了，
谁来伴我度这漫漫的长宵？

度过了炎夏的长昼，
度过了寒冬的长夜，
想我要挨到了百年之后，
才能跑到我爱的那座居舍！

度过了寒冬的长夜，
度过了炎夏的长昼，
想我要挨到了百年之后，
才能跑到我爱的那儿住宿！

一九三二，四，十一。

泽　陂 陈风

汪静之

彼泽之陂[1]，有蒲与荷。
有美一人，伤如之何！
寤寐无为，涕泗[2]滂沱。

彼泽之陂，有蒲与蕳[3]。
有美一人，硕大且卷[4]。
寤寐无为，中心悁悁[5]。

彼泽之陂，有蒲菡萏[6]。
有美一人，硕大且俨[7]。
寤寐无为，辗转伏枕[8]！

漱琴按:《泽陂》一篇，是说一个男子的单思。他因为想她想不到手，所以有“涕泗滂沱”“辗转伏枕”种种的苦态。

【注释】

【1】“陂”，音 Bo，泽之障也。

【2】“涕”，泪也。“泗”，鼻水也。

【3】“蕑”，音 Jian，兰也。

【4】“卷”，音 Chwian，鬓发之美也。

【5】“悁”，音 Jwian，犹悒悒也。

【6】“菡”，荷花也。“萏”，音 Tan。

【7】“俨”，矜庄貌。

【8】“枕”，音 Dsian。

【译文】

那池塘之中，
生着蒲草与荷花。
想起那位美人儿，
伤心到怎么样呀！
醒时梦里都没法，
眼泪鼻涕如雨挂。

那池塘的陂上，
生着蒲草和兰花。
想起那位美姑娘，
苗条的身段，卷曲的螺发。

醒时梦里都没法，
心中忧郁乱如麻！

那池塘之中，
生着蒲草和莲花。
想起那位美小姐，
态度端庄，气概又潇洒。
醒时梦里都没法，
翻来覆去把枕头乱抓！

伐　檀 魏风

魏建功

坎坎伐檀兮，置之河之干兮；
河水清且涟猗[1]！
不稼不穑[2]，胡取禾三百廛[3]兮？
不狩不猎，胡瞻尔庭有悬貆兮？
彼君子[4]兮，不素餐兮！

漱琴按:《伐擅》一篇，是为劳勤者抱不平，骂那一般养尊处优、不劳而食的“大人先生”们。胡适之先生说:“……你看那《伐檀》的诗人，对于那时的‘君子’何等冷嘲热讽！”(引见魏君致顾颉刚先生信。)这是一首较早而且是最好的“社会问题诗”，所以我特地把它附录在这里。

魏先生的诗在与顾颉刚先生信中，曾见《语丝》三十八期，后来刘大白先生收入《白屋说〈诗〉》“《毛诗·邶风·静女篇》讨论”一文里面，顾先生又把它收入《古史辨》下编。

【注释】

【1】“猗”“兮”都是语辞。

【2】种之曰“稼”，敛之曰“种”。

【3】一夫所居曰“廛”。

【4】“君子”当然指贵族而言。

【译文】

檀树伐得空空的响，
树段搁在河边上；
河水泛着清澄澄的细波浪！
“不种田，不种地，
为何平白拿粮三百石？
没结网，没放枪，
干吗看见你院子里挂着些狐兔貂狼？
——唉！那些混账王八蛋，
无菜不下饭！”